KB060313

청어詩人選 459

물푸레나무

홍의현 시집

청어 도서출판

물
푸
레
나
무

홍
의
현

시
집

시인의 말

오래도록 곁에 두며 접해왔지만, 詩를 시집으로 묶는 일이 그리 녹록지는 않았습니다. 나만의 세계에서 그려지던 글들이 뭉뚱그려져 한 권의 책으로 세상에 나간다는 것이 큰 부담으로 다가왔습니다. 어느 한 줄 완벽히 익혀낸 것이 없는 것 같고 풋내기 감성과 설익은 눈빛들이 거친 삭정이처럼 두드러지지 않을까 걱정도 큽니다. 하지만, 한 걸음 더 내디뎌야 한다는 당위성 앞에서 우려와 걱정도 덮어두려고 합니다.

〈詩〉라는 장르도 인간 정신작용의 산물이라는 점에서 저의 문학은 10대에서 현재까지로 이어지는 서투른 결과물들이 될 것은 분명합니다. 중간중간 단절의 시간들이 있어 더욱 그렇습니다. 10대에서 20대의 작품들은 거의 남아있질 않아 안타깝기도 합니다만 의식의 연속성을 고려하면 어떤 식으로든 연결이 되지 않았을까 자문자답해 봅니다.

어떤 날은 풀잎 끝에 매달린 빗방울에서, 또 어느 날은 흔들리는 나무에서, 빗방울이었다가 나무였다가 풀잎이었다가 하는 나를 발견하곤 합니다. 누구나 그렇겠지만,

내가 가진 말들은 밖에서 들어온 것들이기보다는 안에서 밖을 향하고 있는 말들이 많습니다. 그중에는 안에서 도무지 튀어나오지 않는 말들도 있겠습니다만, 부단히 되짚고 익혀 밖으로 나서도 아무런 해가 되지 않도록 하는 것도, 내 의식의 단편들을 솔직히 내보내려는 노력도 쉬지 않을 것입니다.

모든 이들이 같은 말을 할 이유도 필요도 없듯, 나만의 시각과 시작(詩作) 노력을 드러내는 작업들이 순탄치만 않더라도 멈추지 않고 계속 이어지기를 기대합니다. 모든 것이 흐릿해지고 어지러운 날, 무수한 빗방울들과 수풀들이 속절없이 흔들려야 하는 날에도 상처받지 않을 수 있는, 언제나 든든한 보호막 같은 언어의 집들이 소박하게나마 지어질 수 있기를 기도하면서 짧은 인사를 갈음하겠습니다.

감사합니다.

차례

2부

3부

1부

물푸레나무

목수가 되고 싶었던 나무가 있었다
햇살 붙잡는 돋을양지*도 아닌 곳에 자리를 잡고
한때는 망치질 소리로 골짜기 내내 흔들었을
늘그막의 목수가 키웠던
푸릇한 나무 한 그루

성글고 뾰족한 잎으로 가지를 내고
차가운 계곡물 소리로 담금질하다
스스로 매몰찬 도끼날이 되어 떨어지던 날까지
그 푸르렀던 눈 섶을 기억해 내기까지
자라지 못하는 나무

아하 나는 물푸레나무였구나
서늘한 별빛을 이고 푸른 눈물을 쏟아야 하는
당신의 물푸레나무

스스로 회초리 치며 단단해지는
나는 나무였으므로
여전히 물푸레나무일 것이므로
그 가슴에 흘렀을 푸른 물소리를 듣습니다

*돈을볕이 비치는 양지(陽地).

13

풀잎

나는 어디서 왔는지
사선을 오가는 빗방울에 쓸리고
푸른 언어로 갈피의 슬픔을 나열해야 하느니
다시 바람은 불 것이며
속 깊은 어느 골에서 흔들리려니
슬픈 것이란 솎아내야 크게 울 수 있는 거라고
슬픔은 내가 가진 것이 아닌
쉬지 않는 바람 속에 감추어질 뿐이라고
하여 누구라도 마중할 수 없는 슬픔일 것이라고

나무가 되고 싶다

들판을 가로지르며
저 수많은 꽃가지가 내뿜는 아름다움을
무수히 많은 팔로 손을 흔들어 바람을 안아 들이는 것을
거친 너설*에도 연약한 뿌리를 박고
건조한 세상을 견디며 버티고 선 나무들에게 묻는다
가끔은 나도 우뚝 서 그렇게 팔을 흔들고 손을 내밀고
댑바람에도 꺾이지 않을 나무가 될 수 있을까
무성한 우듬지를 가져 뭇 새들과 지친 별빛이 쉬고
타는 황혼과 어스름 달빛에 물드는
그들처럼 아름다운 숲이 될 수 있을까
반복되는 계절의 모퉁이에서 혹은 정수리에서
어지러운 세상의 길들을 불러 모아
푸르게 등 밝히는 등대가 되고 이정표가 되어
오래도록 네게로 손을 뻗는 나무가 되고 싶다

*험한 바위나 돌 따위가 삐죽삐죽 나온 곳.

아직도 그가 살아

한바탕 비로 쓸고 갔던 고갯길
그렁그렁 눈물 고이는 둑길 웅덩이 속엔
아직도 그가 살아
왜정 때 싸리골 옛이야기가 넘치곤 한다

비 오는 날이면
빛만 뿌옇게 세 드는 쪽창 아래 모로 눕길 좋아했던
청잣빛 입술에선 푸른빛의 들길인 양
마른 풀 내음이 나곤 했어

아무렇지도 않게
창밖의 빗소리를 잊자고 돌아누워도
아흔 해 그의 몸에도 비는 또 흘러
꽃 피는 오월이면 그 또한 울며 오겠지

10월 연서(戀書)

귀밑머리 서글피
하얗게 그을릴 즘에야
그대의 이야기를 알까

언덕 너머 이르러야 할 곳
시퍼렇게 마주할 때에라야
그대 이름 되뇌게 될까

이 무른 일상이 흔들리는 날에야
짙어가는 산국(山菊)의 의미를 알까
그대에게로 해묵은 술잔을 돌려놓는 일이
젊었을 적 따뜻한 햇볕을 선물하는 일만큼 값질 수 있을까

해마다 딱 한 번은 그대 생각에
푸르렀다 붉어졌다 반복하는 창가
때 늦은 이슬이 시리게 그을러 그대 이야기를 전해온다

아버지의 무지개

비가 온다
기척도 없이
비가 오면 가난했던 아버지는
지친 어깨를 눕히고
누렇게 피워 올리던 담배연기마저도
한껏 모으지 못해 긴 한숨으로 흩어내곤 했다

쥐구멍에도 볕들 날 있다며
칠월의 긴 장맛비 속에서 술과 오기로만 세상을 버티다
그 억센 어깨 허물어지던 날도
오늘처럼 비가 내렸겠지요

해가 나야 할 텐데
끝이 단단치 못한 얕은 독백들에도
끝내 틈을 보여주지 않던 하늘이었지요

창을 흔들고 지붕을 흔들던
긴 밤이 지나고
새초롬한 아침 하늘에 활처럼 누운
칠색의 눈물 줄기들을 봅니다
쉬이 갈잎을 뒤집고 가지들을 훑는 바람처럼
저 높은 하늘로 쏘아지는 화살처럼 가볍게 달려가시기를
허공인 듯 그리움인 듯
아직 세상에 남은 자식들은
그토록 아름답게 지은 허공을 바라고 있겠지요

감자꽃

얕은 바람에도 날리는 밭고랑 넘나들며
씨감자의 졸린 눈들을 다독거리고 또 묻던 날
아지랑이 피는 계절의 밭둑에 서서 숨찬 하루를 뿜어내던
바람이며 나무가 되었을 사람의 땀방울을 떠올린다

불길 같은 삶을 비껴 나와
새초롬한 고들빼기 꽃잎처럼 서서
굽이 흐르던 시절을 좇다 보면
어디선가 본 듯했던 버드나무
천둥번개라도 맞았을까
꺾인 가지에 외로만 흩날리던 이파리

푸른 감자밭에서 얕은 울타리를 치고
계절을 가두고 풀과 나무와 같이 흔들리며 살자 했건만
서둘러 개망초 묵정밭에 잠든 아버지
어쩌다 감자밭 고랑에 앉아 턱을 괴면
후두둑 피는 얼굴이 하얀 감자꽃 같아
돌아보면 어느새 소나기라도 내렸는지 초록빛이 환했다

끊어질 듯 좁아진 밭둑길 걸어 나오는데
길 가 나앉은 고들빼기 꽃잎 몇이 수군거린다
장마도 더위도 다 지난 마당에 무슨 감자꽃 타령이냐고

망향(望鄉)

서툰 잠이
목침 밑에 떨어져 서늘해지면
잠들지 못하는
귀뚜라미 날갯짓이 세상을 흔든다
돌배나무 이파리 덜그럭거리는 앞마당엔
밤새 구선봉의 나무꾼이라도 다녀가는지
메마른 참나무들 숨소리 거칠고
서늘한 별빛들마저 처마 끝에 물끄럼해
부르고 불러 붙잡아도
문턱을 넘지 못하는 답답한 꿈결에
일으켜 몸을 가누니
수척한 별들이
시원스레 비로봉을 넘는구나

바람

바람이 분다
풀잎들이 손짓하고
단단하지 못한 나무들이 휘청거린다

물들이 일어서고
배들은 푸른 항해의 꿈을 꾸듯 너울거리고
그대는 떠날 채비를 한다

종일 거센 바람이 불어와
갈 곳 몰라 울고 선 풀잎과 나무들에게
떠나는 법을 가르치고 있다

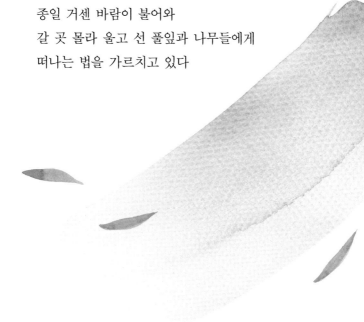

별

기어코 떨어졌다
앞뜰 우물과 대숲 너머를
떨어져 구르고 흘러
금방이라도 무너질 것 같은 평상에 앉아
밤새 나와 울먹였다
백 년은 살았을 느티나무 가지마다 새겨졌을 이들이
그 아래 시리도록 하얗게 찍혀대던 발자국들이 그리워서

그러면 하나의 별이 가슴으로 떨어지고
또 하나의 별이 하늘로 가는
남루한 평상 위의 나뭇가지 너머의 무수한 별들은
우주의 여리고 어두운 곳을 순회하는
눈빛 밝은 꽃송이들
멀리 떠나간 이들의 뒤늦은 손짓이다

세월

빠르지도 않고
더디지도 않다
그러나 나는 네 속에서 빠르고
나는 내 속에서 더 빠르다

피할 수 없는 것이래야
고스란히 맞을 줄 알고
사랑할 수 없는 것이래야
생의 얼굴을 온통 할퀴고 지나는

저 비에서 바람에서 나는 더디고
너는 때론 나보다 더 늦다

밤꽃

한층 둥글어진 달빛에
두고 온 기억들이
해무처럼 뭍으로 몰려오는 밤
텅 비었던 거미집에 갇힌 바람 하나
금세라도 하늘로 오를 듯 위태롭다

무성한 바람들은
파도가 치듯 바다에서 온다
이토록 강바람이 잦은 것은
어딘가 향하고 있다는 것
보내지 못한 소식이 있다는 것

비가 오면
처마 밑 거미줄에 맺혀 살던
물방울 같은 기억들은
곧잘 새벽 추위를 몰고 왔다
누에고치 같은 이불을 억지로 끌어 덮지 않아도
꿈 자락 드문드문한 기억의 실밥들을 좇다 보면
밤새 풀리지 않던 매듭이 풀리듯
하얀 밤꽃들이 피곤 했다

밤바다

어느 날에는
엽서 하나 닿을 수 없는
이연(黎然)*의 하늘 너머에
아득히 매달리는 부표 같은 달빛도 있어
삿된 눈물이라면
허름한 바닷가에 버리는 일도 없을 것
실낱같이 달빛을 빠져나온 그대의 마음줄기는
화사하기도 하다
어두운 밤의 물줄기를 지나
목소리 잃는 새들의 침울한 산책로를 따라
아무렇게나 버려진 슬픔들을 털어 일으켜 세우는
검푸른 바다

*빛이 검음.

밤안개

보내야 한다면
여기쯤 두고 가야 한다고
석양에 지친 눈빛들은 길섶에 서서 손짓하지만
풀도 나무도 작은 돌멩이들조차도
그렇게 두고 가야 한다는 것을

사는 내내 그리운 것들
쉽사리 떠나가지 않거든
하얀 어둠 속에 갇혀 바라볼 일이다
두터운 세월로도 다 말할 수 없는
그런 사람 하나 있거든
어느 하루 늦은 밤 모질게 부서져 보낼 일이다

그래도 그렇게 두고 온 사람 떠나가지 않거든
짙어지는 밤안개 속에 갇혀 잊었노라고
흐릿해지는 건너의 불빛들에게
손이라도 한 번 흔들어줄 일이다

변태(變態)

늦도록 취한 햇살이 나뭇잎에 걸터앉아
동그랗고 단단했던 집을 허물더니
단단한 이파리 이불 삼아
하얀 맨몸을 끌어 덮었다
센 팔자가 어련할까마는
정든 집을 버리고 길모퉁이에 나앉았어도
더부살이할 친구들도 있어 외롭지만은 않다고
햇살 좋은 어느 날
외진 판잣집을 떠나 번쩍이는 날개를 달고
기울어진 세상을 바로 세우듯
나비 한 마리
봄 햇발 너머로 기우뚱 날아오를 거라고

해당화

사람들은 쉬이 지나갑니다
종종걸음을 하며 흘러 다닙니다
꽃을 피우는 일이 뭐 대단한 일이겠습니까만
이렇게 늦은 시간 동안 까칠한 얼굴로 살아있는 것이
대단한 일이겠습니까만
여기 움직이지 못하고 당신을 만나기까지
부동의 자세로 기다린 것은
어여삐 봐주심이 옳습니다

바람과 비에 거친 가시로 맞서고
뜨거운 햇빛에 붉어진 낯빛으로 기다렸습니다
고개 들고 손을 뻗어 해변을 가로질러
오시는 길목마다 초병처럼 지켜 서 있겠습니다
오엽(伍葉)의 발그레한 얼굴조차 지고 나면
보낸 꽃자리 첫물 같은 붉은 눈물
두어 방울 매어달고 말입니다

소금

하얀 물그릇에 소금 한 줌
푸른 구름이 둥둥
재미 삼아 하늘을 흔들다 보니
가파른 비탈 같은 소금 두어 덩이

반백 년 너끈히 묵었을 기억들이
덜그럭거리는 소금들처럼 찌걱거려도
달기도 쓰기도 했을 나날들이
단출한 밥상 위에 부려진다

바닷바람에 얼얼하게 귀뺨 맞듯
양재기에 뿌득뿌득 비벼보아도
소금 같은 말들 몇 녹지 않고
밥상머리에 하얗게 걸터앉았다

숲으로 간다

가고 싶었다
들풀처럼 번져
버들피리 하나 물고
맨손으로 도랑을 기어다녀도
행복이 별처럼 쏟아질 것만 같은

매연이 깃든 굴뚝이 쿨럭거리고
밤새 잠들지도 못하는 지루한 차도에도
노란 얼굴의 민들레 하나 훌쩍거리는 날이 밝고
노루의 실팍한 엉덩이가 자라는 참나무의 수심이
도토리같이 단단한 몇 알의 결기들이
푸르거나 붉을 골짜기들의 혼잡한 퇴적을 넘어
오래도록 기다렸던 소식처럼
청랑한 계절로 쏟아지는 기적을 본다

가고 싶었던 곳에서 불려 나와
돌아갈 곳이라도 있던가
돌아가지 못하는 이들도 돌아가는 이들도
들꽃처럼 피고 지는 꿈을 꾸는데
무거운 일상을 메고 다니는 달팽이 같은 걸음이
아직도 숲 언덕 아래 가쁜 숨을 몰아쉬고 있다

단풍 구경

가을 녘 선잠 속에서 너를 보았지
내려앉아 한 줄의 시를 내밀고 그것을 읽고
그런 후에 붉은빛 소풍을 가자고 했지
늦도록 그만 자고 일어나 소풍을 가자고

오래된 가방을 열자 떨어지던 붉은 이파리
시는 시대로 읽히고 세상은 이대로 선물인데
푸르른 날들과 몇 줄의 사연들을 훔치고도
채워지지 않는 갈증으로 가난해지는 나무들의 추태

잠들었던 바람들이 삼삼오오 산을 오르고 내려오는 길
떠나는 이들과 남을 이들의 경계를 흔들며
붉은 가을이 물들어 온다

가을 고추와 나비

아직은 푸른빛이 더 많아
찬바람과의 실갱이도 아직 달포쯤은 남았지
낯빛 붉어도 아직은 겨울에 굽히지 않아
서툰 사람의 눈에도 뜨거운 몸뚱어리인 것을
알아도 알아도 자꾸만 간지러운 꽃자리의 여윔이
날로 간지럽다

아직은 빛이 남아 정오의 햇빛은 따갑기도 하지
여분의 햇발을 놓칠까 등에 쟁이느라
사람이 다가가도 모른다
단 것 좋아하는 놈이 정신을 놓은 것이
어딘가 매운 단맛이 어렵사리 도사리고 있나 보다

오동나무와 애벌레

오동나무 사진을 찍는다
가슴에 불인장을 찍듯
찰칵
짧은 시간이 찍힌다

낮모를 꿈틀거림이 오동잎을 베고 눕고
갉고 기어가는 일들로 또 한 장의 시간이 되고
시간 또한 그렇게 베어진 짚단들처럼 분리되고 이어진다
애벌레가 너른 오동나무 잎을 갉으며 생명의 길을 가듯
오동나무 또한 그렇게 생명을 나누며 죽음의 길을 가듯
모든 것은 순간에 멈추고 영원을 향해 섰을 뿐

참으로 아름답다는 것은
나뭇잎을 갉는 애벌레가 나풀거리는 나비가 되고
손과 발을 내주고도 그늘이 되고 배경이 되는
누군가는 채우고 누군가는 비워내는
우린 그 끝나지 않을 어려움 속을 함께 걸어간다는 것
그 세월 속 한 자락 꿈틀거릴 애벌레로 살다 간들

2부

묵장

삼십 년은 훌쩍 지난 듯한
낡은 장독대에 비가 날린다
주둥이 깨진 장독 틈으로
칠팔월 소나기가 들이쳤다
시오리 멀리 살던
기억 속 미운 친구 놈이 드잡이하듯
비는 열린 틈을 비집고 세차게 두드린다

장독엔 빗물이 차고 바람이 들고
이윽고 넘치는 빗물을 쏟아낸다
절구질하듯 연신 두드려대는 빗줄기에
한 줌 장물이라도 넘칠 줄 알았건만
오래도록 묵힌 너는 끌려 나오지 않는다

싸라기 햇살조차도 없이
물기라곤 다 빠져
늙은 장독에 거칠게 눌어붙은
검고도 붉은 묵장이 되었나 보다

호두 이야기

너를 내려놓으면
이 오랜 침묵이 깨어질까
미처 놓지 못한 말들 몇이 넘실거리면
시나브로 가슴을 두드려 오던
한껏 수척해진 말들에 대해 위로를 전한다

수심 깊은 저 강을 건너기 전
다부진 체격의 말들을 준비하고
굳은 껍질이 답답해 미로 같은 속내 짚어도 보지만
나을 기미 없는 상처들이 쌓여 두터운 딱지를 만들고
딱 그만큼 두꺼워진 그대를 안고 강 앞에 서면
나는 또 얼마나 연약한 다리를 가졌던가

너를 안고서
날마다 한 겹 한 겹 단단히 쌓이던 이야기들
호두알처럼 두터워지던 골격
어느 마른 가을날
통렬히 깨어져 흩어지던 그 기억

단풍

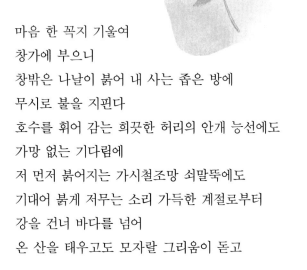

마음 한 꼭지 기울여
창가에 부으니
창밖은 나날이 붉어 내 사는 좁은 방에
무시로 불을 지핀다
호수를 휘어 감는 희끗한 허리의 안개 능선에도
가망 없는 기다림에
저 먼저 붉어지는 가시철조망 쇠말뚝에도
기대어 붉게 저무는 소리 가득한 계절로부터
강을 건너 바다를 넘어
온 산을 태우고도 모자랄 그리움이 돋고

마음 한 꼭지 창밖을 넘으니
하늘은 푸르게 굽어 백발도 없이 늙어 가는데
타는 황혼이 버드나무 아래 매달려 불을 지피고
채 타지도 못한 아궁이에선
칠흑 같은 밤들이 굴뚝을 넘어
골 깊은 은하수에 제 몸을 감추는 날들

마음 한 꼭지
모두어 태우고 나니
가을 산엔 온통 붉은 비 흐르는 소리

민둥산

향기는 가라
생에 있어 떨림이지 못하겠거든
푸른 밤 별빛처럼 쏟아져 내려도
별빛 싸라기 하나 담을 수 없는
내 뜻을 너 굽히지 못한다

따스한 눈빛도 없이
부스스 몸으로만 일어서 말을 하느니
그 옛날 내 기름졌던 몸을 아느냐

이름을 잃어버린 지 오래
돌비늘 틈새 사이로 지나는 바람도 예사롭지 않은 계절
사람아 너는 내 눈빛을 기억 못 하지만
깊은 밤 속정만 영그는 불기 많은 몸

깨어지고 부서져
한없이 낮고 낮아져
사람아 내 심장을 밟을 때쯤에라야
그대들의 오롯한 길로
어설픈 들풀이라도 반겨야 한다

우산

마음을 들킨 걸까
창가를 서성이던 바람이 물기를 몰고 왔다
잠이 덜 깬 하늘엔 무수한 물방울들
창의 사각을 가득 채우며 알 듯 모를 듯한 얼굴로
창백하게 방 안을 들여다보고 섰다
이 짧고 얕은 거리를 두고
어느 날은 손을 내밀고
어느 날은 이격의 거리에서 바라보아야 하는
서늘하고 음습한 눈빛의 네가
문을 열면 쏴아 밀려들 것만 같아

우산을 편다
한때 우산도 없이
책가방과 손짓만으로 빗속을 내달리던
이제는 빗물이 되어버린 아이들
나무가 되고 푸른 바다가 되어버렸을 아이들
접힌 세월의 우산 속에 도사린 수많은 이야기

삶의 어딘가부터 필요했을
달려 나가는 혹은 달려오는 것들의 경계에서
물끄러미 건너다볼 수 있는
튼튼한 우산이며 목이 긴 장화를 신고
촉이 좋은 은사시나무의 잎들과 풀잎들의 흔들림에
깊은 속내를 어림잡으며

창문을 연다
들킨 마음들이 하나 둘 제각기 우산을 쓰고 나선다
빗물을 견디는 얼굴들이 새초롬하다

가로등

긴 하루를 건너
휘돌고 돌아오다 집 앞에 다다르면
종일 묵은 고단함을 털어주듯 등불 돋우는
따뜻했던 얼굴이 그리워
뜨거운 불빛을 향해
부나방처럼 있지도 않은 날개를
툭툭 털어보곤 했었다

잊은 지 오래된 날개처럼
아득해 손에 잡히지 않는
마을 앞 고장 난 가로등처럼 세상이 흐려져 갈 땐
눈 밝고 기술 좋은 전등기사라도 되어
벼랑 같은 허공을 걸어 올라
환히 불을 밝히고 싶었던 것을

묵직해진 어스름도 지나
늦은 저녁이 되면
종일 떠나고 흘러갔던 이야기들
마을 앞 외진 가로등 밑동에 고여
이십 촉 육십 촉 낮 붉은 나팔꽃처럼 타올라
늦은 밤길을 껌뻑 껌뻑
마중하고 있는 것

가을나무

나무에서 무언가
떨어지고 있다
비바람이 세상을 돌아
몇 번이나 이별하는 동안
시린 볼 끝이 붉어지고
가지 끝마다 단단해졌다

잎 떨어지는 슬픔이 아니거든
꽃 피우지 마라
떨어지고 낮아진 열매가 아니거든
꿈꾸지 마라
산다는 일은 맑은 바람 하나를 두고
열이틀 떨어지고 구르는 일이라고

밀린 계절의 빚을 갚듯
저온의 세상엔 따뜻한 불빛이 켜지고
가을 나무 밑에선
누군가 오래도록 바스락거리고 있다

별빛

해가 저물어
이슬 저미는 들녘을 헤매다
반도 차지 못한 달빛이 그리워
뒷산에 올라 달마중하네

달이 기울어
서둘러 먼 길 헤아려보니
서녘 하늘 지상의 굽은 능선을 따라
드문드문 불빛들이 돋아
하늘로 하늘로 오르고 있었네

가을 연가

열길 그리고 스무길
곧 스러질 그대의 고갯길은
미망(未忘)의 반달로 저녁 하늘에 내걸린다

어디로 가는지 알 수 없는 바람의 길인 듯
등불도 없이 들녘을 거니는 음성들이
귀뚜리 소리 적멸하는 세상의 뒤뜰에 떨어지는데
뚝뚝 부러져 떨어지는 고목의 나이와
감감한 안개에 허우적거리는 붉은 이파리

가을은
잎새마다 가지마다 불현듯 매달리는 이슬같이
돌아보면 남루한 극장의 간판같이 내걸린다
매번 서투른 계절의 낯빛과
튼 바람이 오래도록 불빛을 흔들 저온의 세상에서
그대도 억새처럼 잠들지 못하고
흔들리고 뒤채일 것이 섧다

나무가 운다

나무가 운다
서서도 울고 엎어져서도 운다
나무가 울어 꽃들이 피고
아픈 꽃잎을 열어
고적한 별에서도 향기가 난다

가을 갈대에게 전하는 말

가을 앞에 선다
그리고 물드는 강가 한편에 너울거리는 너를 본다
부산스럽게 쏟아지는 원망 같은 말들

차라리 말을 해야 할까
채우지 못한 물방울들이 길을 낼 수 없듯
가득 차오르지 못한 말들이 서툰 상처가 되지 않을지
노을 비치는 강가에 서서 속으로만 물들던 저녁

날카로운 칼끝을 세워
무심한 바람처럼 여린 몸대를 긁어
서로에겐 위험스런 칼춤이 되던
저 장렬했던 태양도 잠시 눈 감았을 시절
두어 마디 어디쯤엔 그 흔적도 익어
이제는 단단한 나무라도 되었을까

훗날 사람이여
저어도 흔들어도 들리지 않던
한번은 지나왔을 무성했을 수사(修辭)들에게
채우고도 넘칠 수 없어 비워내야 했던
그 기억 하나 둘
이제야 바다로 흐를 만큼 가벼워졌노라고

강어귀에 서서 엄습하는 가을을 본다
누군가 먼저 건너고 또 누군가 보내야 하는
그렇게 가고 오는 밤
너는 나날이 가냘프고
나는 너무나 멀리 와버렸구나

사리(舍利)

국수사리도 아닌데
자꾸만 꼬이고 꼬여서
원래 꼬였던 것인지 모를
국수같이 꼬인 자들이 농담처럼 던지는 말 덩어리들이
오륙십 년 너끈히 묵었어도 가벼울 말은 아니지만
뜨거운 열기 식어가는 저녁에도
자꾸만 만져져 헛헛해진다

귀에만 담아도 버거운 것을
몸속에 넣고 다니는 스님의 고충이야 오죽하랴만
도둑장가도 못 가봤다고
고명한 스님 같은 도력이 생길 리도 없겠지만
오늘 또 하나의 돌을 아무렇지 않게 가슴에 얹으면서
남은 날들을 저울에 올렸다 내렸다
얄은 계산을 잇다 보니
다시 하나의 돌을 쌓듯
삼백육십오 알
단단한 하루가 또 저문다

건봉사의 봄

노루귀 아무 비탈에서나 햇살을 털고
맨 하늘 쏟아지는 나무들 아래
얼레지 분홍빛 치마라도 들추는 날엔
기척도 없던 사람들이 산수유 노란 등불을 켜고
불이문을 지나 삼삼오오 능파교를 건넌다

꽃 피면 스님들 머리털이 자라는지
그 머리털 산으로 올라 잎이라도 틔우는지
대웅전 불경 소리 파도치듯 산으로 간다
그저께 모진 눈사태에 어깨를 접고 쉬던 왕소나무 아래
옹기종기 튼실한 서까래들 몇 가부좌 틀고 앉았는데
풍경소리 울리면 잠들었던 골짜기 우르르 깨어
단단한 부처님 치아에도 금이 가진 않을지
사방이 입인 불이문은 대답도 없다

봄 산엔 나무들 하늘로 손을 모으고
너도나도 시름 벗는 건봉사 오랍뜰*엔
고단한 짐 머리 풀어내는 스님들이 등불을 켜고 산다

*'오래뜰'의 방언. 대문이나 중문 안에 있는 뜰.

덜 마른 오징어

오물오물 씹는 맛에
밤늦도록 마른오징어 다리를 붙들고 입씨름한다
거친 다리와 닳고 닳은 어금니와의 갈등이
구수한 맛을 낼수록 창밖의 가을비는 거세져
자정의 밤거리를 들먹거리며 질척거리지만
두어 자[尺] 내가 앉은 자리는 쉽사리 흔들리지 않는다

빗길을 지나가는 차들의 번들거리는 눈빛에
불기 없던 방 안이
바닷속에 빠진 듯 그림자를 만든다
일렁거리는 빛들이 일렁이며 뿌려지는 흐리멍덩한 시야
얼기설기 사방으로 난 창문들 틈에 갇혀
이 답답한 수압의 물 밖으로 벗어나고 싶을 땐
나는 누군가에게 씹혀대는
덜 마른 다리 여덟 개의 오징어는 아니었을까

얕은 수압의 비가 그치질 않는다
그럭저럭 삼킨 오징어 다리들이
촉촉이 젖어 도로 위를 건너도 좋을 만큼

호박잎과 밤손님

빗소리가 거칠다
함석지붕의 초라함이 질러대는 비명일까
바윗돌에 떨어지는 빗방울들의 아우성일까
늦은 밤손님이 창문을 두드리는 소리일까

슬픈 얼굴의 창문을 밀어
굵은 사선의 빗줄기를 견디고 선
어두워진 풍경에게 묻는다
잘 견디고 있느냐
툭툭 투두둑

함석지붕에 미끄러져 뚱땅거리는 소리도 아니
단단한 바윗돌에 부서지는 소리도 아니
속내 뜨거운 된장 막장을 지키는 장독대도 아니
담장을 타고 오르던 너른 호박잎들이
진저리 치는 얼굴로 까만 적막을 두드리고 있다는 것을

구름 속 사라지고 흐려지는 별들의 울음이
자꾸만 얼굴에 떨어져 아픈 거라고
비 오는 날이면 너른 호박잎들이
부서지고 흐려지는 별들의 울음소리를 낸다는 것을
무심코 지나던 밤손님들에게 듣는다

북천을 보며

나는 물이다

아니 강물이다
너를 향해 흐르는 물이 넘친다면
한참은 더 멀어질 일이다
너무나 많은 물은 순식간에 흐르고
넘치게 시끄러운 것들은 결국 침잠에 들 것이므로

나는 강이다
너에게 이르는 물길이 많을수록 수심은 깊어지고
깊은 강은 속에 든 말들을 쉽사리 떠올리지 않는다
그 많은 골짜기를 퇴적한 채로
끊임없이 비켜 흘러갈 뿐이다

조약돌

조그마해서
애써 무시했던 뒤척임들이
오십이 넘어서야 불면의 바닷가로 내몰렸다

멀리 하늘로만 오르던 커다랗던 꿈들
깨어지고 부서져서야
손에 만져질 듯
알록달록 도드라지는 통증들

누군가 큰 어깨를 허물고
검고 깊은 바다에 아득히 침몰시켰던
이제야 사소해진 너의 이야기를 듣는다

부서져 들려오는
먼바다의 소식들만큼
달그락거리며 부서져 내린 뼈마디들이
철썩거리며 파도 속으로 내몰리고 있었다

고추잠자리

몸이 가렵다

번개가 들고 빗물이 들이치던 여름 끝의 태풍은
끝내 빈약한 집터를 조그만 연못으로 바꿔놓았다
매지구름이 흐른 자리마다 생살이 패이고 골짜기가 되어
끝내 제자리로 돌아올 수 없던 것들의 그림자들은
선바람이 놓이는 입추가 되어서야
하나 둘 연못가를 맴돌기 시작했다

붉은 뙤약볕에 시달렸던 것일까
가녀린 등짝엔 보이지도 않을 비늘 같은 날개를 달고
수면을 오가며 사라진 집터를 두리번거렸다
초점을 잃고 흐르는 눈빛들은
가끔 풀잎 속으로 사라지기도 하고
이내 얕은 물살을 타고 미끄러지기도 하였다

몸이 가렵다

알 수 없는 바람들이 등을 떠밀었다
갈수록 붉어지는 어깨와 소실된 근육들이
자꾸만 바람을 타고 오른다
색이 바랜 옥수숫대와 마른 호박잎 거친 울타리를 타고
어색한 날갯짓들이 설핏 하늘을 난다
태풍은 지나갔지만 낮을 붉히던 바람 몇이
서툰 가을 하늘을 발갛게 물들이고 있다

길 하나

떠나는 자 뒤로
또 한 번 지상에서 지워지는
길 하나

해가 지듯 떠났다가 별이 피듯 오는
그런 길 하나 매양 피고 지는데
그해 그 길 다시 오지 않는데
매번 길섶에 불이 켜지던
그 어림없던 길

번뜩 불붙는 도깨비 같은 기억들이 긴 시름을 건네는 밤
먼바다로 숨었던 연어들이 돌아온 듯
저녁 물길이 엉 엉 우는 소리를 낸다

돌아올 수 있을까
의미 없는 말들이 가을 물가에 늘어서면
첨벙 돌을 던져도 말을 잃은 아궁이 같은 저녁

읽지도 적지도 마라
도깨비처럼 사라질 그 길 하나

라벤더

막막한 바람이
샛바람을 탄다
술렁거리는 얇은 잎들이
여기저기 아지랑이들과 줄타기할 때
한 시절 바다를 건너오는
보랏빛 향기

풋풋한 얼굴에 번지는
남보라색 꽃차례
푸른 눈물샘 같은 몸 줄기엔
오래전 지나왔을 뜨거웠던 바람들
가파른 세월이
잠시 쉬어가도 좋겠다

커피를 마시는 이유

처음부터 좋았던 건 아니었어
좁은 골목길들 돌아 나오는
갈색의 머릿결로 코끝에 물결쳐 오던
겪어본 적 없는 수 세기 저편에서 건너왔을
오래전 향기의 조각들 같은

너를 만난 건
지긋한 나이가 들어서도 아니고
시큼한 원두 같은 시절이었지
때로는 갈빛 때로는 먹빛의 눈빛이 되어
날씨가 좋다거나 비가 내린다거나
쓰다거나 달콤하다거나
그렇게 기다려지고 만나고
날마다 익숙해지고 있어

가끔 울퉁불퉁한 탁자의 끝 모서리에 앉아
그리운 것들을 불러세워
공복 같은 찻잔 속에 풀어 마시고는 해
몽당연필 같은 생각들로 달그락거리는 날이라도
잊었던 기억의 끈들
뭉클 피어오르지 않을까 싶어서

그리움

멀리 발걸음 소리라도 믿지 않다
텅 빈 가슴들이 내는 적적한 하품 소리라도
그 눈길을 보듬어 매고 있을
머언 곳에서의 순간이라도

늘상 그리는 마음엔 볕도 잘 들리라
뜨거운 여름이 푸르다 지치는 날엔
서늘한 가슴 안에 숨어라도 지내리라

문을 열고 뜨거운 입김을 불어내는 나도
어느 때인가는 버리리라
숨죽임이 버릇이 된 그대

그리움 2

별빛으로 다가가도
울어 올 사람이 있다
물푸레나무처럼 기다림 끝에 서 있어도
오지 않을 사람이 있다
다시 또 천년을 보낸다 해도
떠나갈 사람이 있다

기다림

수척한 얼굴로 기다리지 말아라
네 마음 하나쯤
가벼이 호주머니에 꽂고 다니지만
내가 무슨 옷으로 갈아입든
그대로 꽂혀있을 일이다
때론 반갑게 왔다가
때론 아주 머언 곳으로 떠난 듯해도
길을 걷다가 꽃으로 손짓하는 너를 만나고
때론 괜찮은 눈빛의 나무로 내게 가지 흔드는 너를
때로는 내가 더 먼저 달려가 만나고 있을지 모를 일이다

3부

달홀의 봄

비로봉을 훑는 사나흘 봄바람에
소나무들 팔뚝까지 비틀며 두꺼운 옷들을 벗어내다
지난해 남은 옷가지들마저
일찌감치 팔아치운 참나무 패거리들을 따라
장전만과 구선봉으로 내려서니
더딘 봄밤에도 꺼지지 않는 등불들이
긴 해안선을 따라 드문드문 포구를 밝힌다
머리까지 싸해지는 삼일포 바람에 화들짝 놀란
멀리 간성장(杆城場)에 보내질 까만 얼굴의 김발들
흐릿한 성곽의 주춧돌처럼 각을 맞춘 하얀 파도들은
굽이치는 육지의 경계를 따라 낯모를 실랑이를 하고 있다

하루쯤 더 따뜻한 바람이 들면
안개 넘어 해류를 타고
미끄러질 듯 닿을 거진항의 덕에 매달려
부지런한 어부들의 거친 손길에 몸을 맡긴 명태들도
처처로 짐을 꾸려 떠날 것이지만
청량한 동해는 화진포와 청간정을 오르내리며
마산봉의 적적한 골짜기에까지
노루귀와 얼레지의 부끄러운 속내를 열어낼 것이다

달포쯤 지나면 얼굴 붉히는 진달래 무리들이
향로봉 봉우리를 물들이고
탁한 막걸리 한 사발에도
훌쩍 미시령 진부령을 넘을 채비를 끝낼 것이다
고구려 그리고 신라 백제의 너른 들로
준마를 타고 달려 나가듯
접혔던 달홀의 등허리에 진분홍 꽃길이 펼쳐지고 있다

들풀

사는 동안
숨어있던 돌부리에 걸려
쓰러지는 날도 있겠지
그런 날엔 죽은 듯 누운 풀포기처럼
엎드려 흙냄새를 맡는다

흙으로 돌아갈 먹먹한 향기가 구름처럼 피어올라도
엎어진 풀잎이 살아 흔들리듯
다시 일어나 끝없이 흔들리며 사는 거라고

해와 달을 지침 삼아 풀들이 일듯
때론 무수한 상처에도 꽃을 피우는
저 푸성귀 같은 들판에서
어머니의 성긴 머릿결처럼 나부끼던
한 무리의 들풀만 만나도
세상 다시 살 듯 행복해지진 않을까

봄눈

봄밤
열 피는 구들 위로
무작정 달려드는 강바람 소리
문풍지에 바람 들어 문 여닫는 소리

삭정이 같은 새벽길
녹이 슨 철전(鐵錢)* 같던 세상의 창들 사이로
물 아지랑이 부서져
잠결인 양 소근거리며 내리는 시간
노란 봄소식이 다칠까 서성이다 서성이다
우물 같은 하늘에 갚을 수 없는 빚만 헤아리다
희끗한 머리의 그대
봄 길에 서서야
시리게 불러본다

*쇠를 녹여 만든 돈. 엽전 등을 뜻함.

봄은 꽃이다

겨울 골짜기에
샛바람이 찰랑거린다
계곡을 타고 내리는 물소리들이
자꾸 가지 위로 올라앉는다
갈증이 난 새순들도 여기저기 손을 뻗어
물들을 길어올린다

갯버들이 꽃을 피운다
얼레지도 연분홍 치마를 걷어 올리고
진달래는 산 끝에서 달큰해진 햇빛들과
눈 맞춤을 하느라 부산스럽다

세상이 그렇게 계절을 넘듯
냉막(冷寞)해진 가슴 한쪽 언덕에
꽃송이 하나 둘 피우고 산들
그대 어찌 고맙지 않으랴

비

하늘에 기러기 날아
막걸리 한 사발
파전 한 조각
누군가 먼 길 가려나 보다

뽕잎 거미집

해묵은 초가집 등허리를 지나는
밤 기러기들 계절을 넘느라 날갯소리 어지럽다

이 단단한 땅도 힘에 부쳐 허공에만 집을 짓던 사람
가득한 달빛마저 나눌 수 없어 가난했던 사람
푸르른 안개처럼 밤길에 내리던 날
이미 단단해졌을 세월 속으로 사라져
누에처럼 실을 감고 누워서야
풀리지 않던 매듭을 풀듯 밤꽃들이 피었다

바람이 분다는 것은
가슴에서 가슴으로 실을 뻗어 떨어질 시간들을 붙잡는 것
이토록 바람이 잦은 것은
채우고 채워도 채워지지 않는 갈증이 있다는 것
떠나고 떠나도 보내지 못할 기억이 있다는 것

먼 그리움들 바람을 타고 해무처럼 몰려오는 밤
텅 비었던 뽕잎 거미집에 걸린 물기 한 자락
달세도 없이 맺혀 살고 있다

산사나무

네가 웃으면
꽃들이 우르르 피어나
푸르른 나뭇가지에 매어 달린다
사과 같은 얼굴로
구름을 거느린 가지들 사이
시원한 그늘이 고이면
너는 깜빡 깜빡
졸음이 쏟아지는가 보다
백발 같은 산사나무
그늘 아래서

새벽이슬

기인 밤의 푸른빛은
발가벗겨져 동살 돋는 새벽으로 간다
다가올 이별을 담론하는 새벽의 결정(結晶)들에게
저 푸른 하늘의 일들을 더듬어 전하는 별빛들이나
흐릿하게 부서져가는 잠결의 혼미함과
또렷해지는 명암들 하나하나로
갈수록 분명해지는 생각의 덧없음이나
모두 맺혔다 스러지는 건너의 아픔이라거나
실소(失笑) 같은 일이다

세월이 오고 가는 동안
가슴 저릿했을 비바람들과
눈가에 담고 바라보는
별자리 하나쯤은 거느리고 살 것이지만
그대는 푸른 연기처럼 가라앉아
풀잎들 속으로 숨어들고
씨 뿌리지도 않은 화초에 자리 틀고
매달려 흔들리기 일쑤이다

더듬이를 떼어내도 제 갈 자리를 아는
귀뚜라미가 내 속에 살고
그대 속으로 이사 보낸
무성한 풀숲의 메뚜기들이 후두둑 뛰는 시간
야멸찬 빛으로 눈을 씻겨오는 하늘을 올려다보며
나도 너처럼
어느 하늘 아래 매달려 달게 부서져야 할 일이다

새벽 별

새벽 별을 기다렸지만
간밤의 별들은 보이지 않고
바닷속에 빠진 듯 새초롬했다

누구나 새벽의 지침을 따라 잠에서 깨어나지만
시간은 유성처럼 지나
곧잘 흔적도 없이 지워지거나
별들도 더러 제빛을 잃은 채 사라지기 때문이다

오랜 기다림이 끝나는 순간에도
어느 사이 피고 지는 꽃잎들의 가쁜 호흡 속에서도
새벽 별들이 피는 순간이 있었다는 것을
쉬이 잊어버리듯

석간송(石間松)

어디에서 나고
어디에서 사는가는 중요치 않지
바람에 밀리고 세상에 밀려
굳은 바위를 뚫고
다리를 딛고
손을 내밀어
푸르게 가지 들어 올릴 때까지
숱하게 흔들렸을 시간들
네 앞에선 세찬 바람도 빗방울도
더러 무릎을 꿇어야 할 때가 있음을 알겠다

섬

거친 물길
그 길 속으로
날마다 흘러가곤 했다

외로움이 길을 낸 듯
천리 먼바다에 선 듯
푸르고 푸른 바다를 밀어 파도를 보낸다

바람도 살지 않아
그저 아득한 눈빛으로만 밀려와
사다리 같은 사람들 틈을 건너는 동안
지친 갈매기 울음소리라도 들리는 날엔
세상은 아무 일 없이 사라지고
저마다의 고적한 섬으로 배를 띄우곤 한다

세상에 나만 남아

계절이 지나는 소리에
책상 앞에 앉았다

어느 날엔가는
이 쓸쓸한 소음들도 사라지고
다시 앉아 편지를 적을 때에는
아무 소식도 물을 길 없으리

다들 그마다의 물길로 별을 재는 밤이어도
고적한 밤은 별빛을 물고 뜯는 악몽과도 같아
푸르스름한 별들은 뜯기어 창가에 떨어지고
창을 열면 정든 낮빛 더는 없으리

명태와 첫눈

시리다 못해
추억에서조차 사라졌을
흐릿한 영사기의 불빛처럼 뿌려지는 기억들
누군가는 겨울 바다를 떠올리고
누군가는 가엾을 누이의 어깨를 떠올릴
그때의 푸른 바닷가에 눈꽃들이 흩날린다

꼬리며 꾹 다문 입 섶에
비린내 같은 생기를 밀어 넣으며
거칠고 비릿한 몸뚱이를 씻어내면
얼음꽃 가득 피던 세태장(洗太場)엔
북태평양의 시린 바다가 물결쳤다

햇살이 들고
멀리 내륙을 넘어오는 바람길이 보이면
자꾸만 메마르는 몸을 들어 흔들려도 보지만
이제는 닿을 길 없는 깊고 깊은 해역

세월이 깊어
갑작스레 날아든 눈 소식에
마른 몸과 귀에 핏줄이 돋고 눈이 밝으면
푸르른 거진항 앞바다에 들려오는
분주한 그물질 소리
늦은 첫눈이
꿈꾸듯 잠든 너른 덕장을 넘어
되돌아오는 성긴 기침 소리들

소식

언덕을 오르며
키 큰 미루나무의 눈빛을 보진 않았는가
가끔은 그 가지의 너울 속에 묻혀
사라지는 별빛을 그린 적이 있었는가
끊임없이 보내어지고 전해지는
가지들의 수런거림들 속에서
그댄 망연히 떠다니는 눈빛에 지나지 않지만
한 줌 슬픔일 필요도 없는 일에 비를 걱정하고
오지도 않을 추위를 미리 만나야 하는지도 모른다

오래전 바람이 잦았던 것은
세상이 가지들을 빗기던 소리
모두 그 잎과 가지에 잠시 살다가는 계절의 흔적일 뿐
골목길 사라지고
슬픈 얼굴들 쏟아져 나오는 사립문 앞에서도
그댄 그대의 별빛이어야 한다

소주 한 잔

사람들은 말하지
지나간 일들은 모두 길고 긴 터널을 지나
조금씩 변해가거나 먼지처럼 흩어지는 거라고
더구나 뜨거운 바람이 불어
줄곧 푸르던 하늘까지 남김없이 태우던
그렇게 막막한 기억일수록 쉬이 지워지는 거라고
그렇게 흘러갔던 그대가 바람 한 줄기에 불현듯 떠오르고
이대로 바람을 세우고 소주 한 잔을 부어
그대의 그리운 대답을 듣는 저녁
별들은 창에서 하나 둘 지워지고
뒤란의 바지랑대에선 바람 소리 거세다

그대 세상의 어디에서 흐른들 이 바람 소리 들릴까
자꾸만 떨어지는 시선을 치켜올리며 술잔을 붓는다
담벼락을 타고 넘는 나팔꽃이
하늘로 얼굴을 내밀어 올리듯
내 이야기를 듣지 못하는 그대에게 하소연한다
이제 다시 소주 한잔에 그대는 저물어 갈 것이지만
저기 성글어가는 나팔꽃 두어 송이
손이 닿거든 만져보라고
그리고 못다 한 말들 귀 기울여 들어보라고

추억

초조한 오후의 햇살 아래
각질을 벗는 정원의 나무들
시간은 거기 그대로 있었다

가끔 눈이 멀고
가벼운 바람에도 떨어지는
산다는 일
때로는 뜨거운 계절도 있었음을

흐릿하게 비치는
노랗게 여윈 꽃자리
이제 아프지 않은 곳이 없다
사방 어디로든 바람이 열리고
너덜해진 정수리
얼마든지 버릴 것은 많다

빗장도 없이
걸어 들어간 줄기 줄기에선
가득한 바람 내음
세월 내내 타버렸을
그 속을 뒤적이다
가끔 길을 잃는 오후
자꾸만 늘어져 어깨에 기대오는
저 햇빛이 무겁다

꽃잎을 위하여

떨어진 별빛이
간간이 울고 지나는
화원(花園)의 가녀린 손짓들

젖은 발은 감춘 채로
따뜻한 손만 내어주는 저들의 이유
들길 어딘가 날리는 바람 속을 헤아리다
덧없이 허물어질 가슴이 아픈 까닭이다

아리따운 목소리조차 떠나보내고
집칸이나 마련하고 사는 나무들 아래 움츠리고도
속정만 발그레 향기로운
어머니
여전히 꽃잎 같은
그 이름

수련

내가 너를 말하기에는 설명이 필요하다.

꽃이라고 느닷없이 왔다 가는 것만은 아니어서, 아침저녁으로 피고 지는 일로도 벅찬 날들 또한 겪어내야 하는 현실이므로, 결단코 화무십일홍이란 말은 고쳐 써야 함이 마땅하다.

고단하다 함은 누구에게나 합당할 말이지만, 오늘을 부단히 사는 이들에겐 더 벅찬 것이어서 늦어도 잠들지 않고 빛이 들어도 함부로 꽃 피우지 않는 수고로움을 무릅쓰고자 하지만, 꿈은 늘 높은 가지에 걸려 내려오지 않고, 차고앉은 자리는 늘 허전하고 차갑기만 하여 그대도 나도 아무것도 아닌 듯 그저 물 위로 쉼 없이 흔들려 흐르기만 할 뿐, 그렇다고 성긴 뿌리가 없는 것도 아니다.

빛 좋은 날엔 하늘 속을 거닐다가 너른 잎사귀에 기대어 졸음도 기다려보는,

나는 너의 기쁘고 슬픈 불살을 견디는 누구보다 낮은 얼굴로 꽃피우는 수련이다.

마당을 쓸다

낙엽 무성한 마당을 쓴다

이빨 엉성해진 빗자루질에
박힌 돌도 쓸려나가고
묵은 흙먼지들도 일어서 간다
쓸리는 건 어지러운 마당인데
눈이 밝아지고 마음이 환해진다

엊그제 머리 희끗해진 그대
향로봉 거친 바람길을 타고 오는지
반듯해진 마당에 날리는 하얀 눈 소식

누군가 묵은 세월을 쓰는가 보다
어딘가 묵힌 마음을 쓸어내고 있는가 보다

출근

창가에 겨울이 닥쳤다
밤새 겨울이 이슬을 얼리는 동안
창밖에선 점차 흐릿해지는 궤적의 계절이
소리 없이 지워지고 있겠다

단추에 매달리는 냉기를 털어내는 동안
계절 속 차가워진 세상의 약속들을 살피고
툭툭 발끝을 잡아끄는 일상을 보듬고
튼튼한 자물쇠로 집의 온기를 걸어 잠근다

희미한 세상의 기침 소리를 들으며
새벽 강을 건너는 동안
마른 목소리이지만 간밤의 냉기를 전해오는
여분의 온기들

겨울 강에 빠진 오리들이
옹기종기 갈대숲에 깃들어 추위를 쫓고 있다
옷깃을 여민다
갈수록 매서워질 추위를 떠올리며
후 후 아직은 더운 입김을
차가워질 계절의 끄트머리에 불어 넣는다

합축교(合築橋)*

야무진 햇살이
빈틈없이 창가로 내려선다
간밤에 꿈자리를 포성처럼 휘젓던 비바람 소리
밤새 강물에 할퀴어 저리 낯빛 붉어진 다리

물길로 산길로 더디고 더딘 발길에
네가 짓고 내가 이어
서로에게 다녀갔던 흔적
서로의 안부를 묻는 일조차 어색해진 날들
너에게 갔던 말들
내게 와서 박히던 말들
어느 날 그 밑 속절없이 흘렀던 강가에 발을 담그고
흐릿해진 기억들을 떠올려도
다시 서산 너머엔 늦은 석양이 번지고
부르튼 교각의 그림자는 바다까지 닿을 듯하다

흐릿한 이들이 다녀갈 꿈길에 놓이는
반은 네가 오고 또 반은 내가 다가가 만나던 그 길
그리움은 하늘에만 살지 않는다는 것을
슬픔은 강으로만 흐르지 않는다는 것을
사람도 멈추고 물길도 숨을 고르는
강원도 고성에서
굽은 허리를 펴고 경계마저 지워
너와 나
더운 손 맞잡을 자리

*합축교(合築橋): 일명 북천교라고도 함. 남과 북이 함께 만든
다리. 17개의 교각으로 북에서 9개의 교각을, 남에서 8개의 교각
을 서로 이어 만든 다리. 간성읍과 거진읍 대대리(한터)를 잇고
있다.

화진포호에서

바닷바람이 깃든다
갈대가 흔들리고 물오리 몇 마리와
해변을 가로지르는 갈매기의 날갯짓이
다부지게 눈부시다
눈밭인 듯 가벼워진 모래알이
눈 속으로 부서져 들어오고
햇빛은 날카롭게 창공과 수면 위를
저항 없이 날고 있다
빛을 쫓아 비행하는 날치처럼
가을 하늘이 투명하고 뾰족하게 날이 섰다

갈대의 버석거림도
초가을 은빛 번쩍이는 전어와
여기저기 수면을 박차고 오르는 숭어들의 퐁당거림이
파도 소리와 함께 어울린다
잠시 눈을 붙여본다
모래는 몸을 열고 바다는 숨을 쉰다
바다로 가고 혹은 뭍으로 오는
모든 것의 교차점에 석호가 있다

다시 바람이 분다
어스름이 깔리고
물새 소리 적막하게 수면 위로 메아리친다
파도가 야음을 틈타 뭍으로 올라선다
누군가 호수에서 바다로
바다에서 호수로
밤 이슥하도록 오가고 있는 듯하다

시인의 겨울

쓸쓸한 이름들이
금세라도 창을 두드릴 것 같은
덜컹거리는 겨울 창가의 틈바구니로
지나던 바람이 새침한 눈빛을 하고 말을 건다

이제 저녁엔 눈이 내리고
그 눈길에 미끄러져 휘청일 나뭇가지들 사이로
미처 흔들어 보내지 못한 계절의 말들이
우수수 떨어져 내릴 거라고

아주 먼 데서나
어렵게 찾아올 것 같았던
겨울은 그렇게 갑자기 문을 두드리고
길게 드러누운 햇빛에 흐려진 안경을 닦으면
북극성 같은 별들이 훤히 보이고
열 편 혹은 천 편의 시들이 들꽃처럼 휘날릴 거라고

쿨럭거리는 보일러의 연통으로 새어든 겨울이
시든 들꽃 같은 통장의 잔고를 헤아린다
새벽녘 별들이 기워내던 시인의 글귀 어디쯤
낡은 쪽문의 가득 찬 보일러 기름통만큼
따뜻한 이야기 한 구절 있겠느냐고

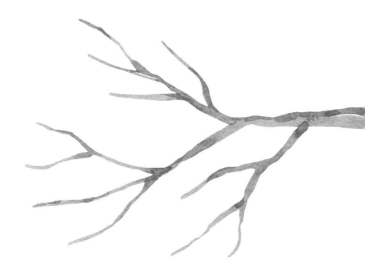

희망

내 방을 나가던 그대의 기억
창을 닫고 있기 어려워 어두워진 산빛 하나 들여
묵은 이야기를 밤새 까불다

오래전 이야기들은
세월이 쌓았던 모래언덕
그 언덕을 넘던 바람들에 홀연히 쓸려가고
잠근 골방 끝 어딘가에 걸린 거울 속 폭풍으로 살고 있어

지난 하루는 남루한 병이 몸속으로 들어와
자꾸만 사연 하나씩을 담아 밖으로 나가기도 했고
지쳐 누우면 별빛은 묻지도 않고 잠든 나를 흔들어
창 너머 누렇게 탈색된 버스대기소의 허름한 어둠 속에서
장대비 같은 기다림을 묵혀내곤 했지

시간 나는 날엔 다시 거울을 들고
낯선 물가에 앉아 흐려진 기억들마저 지워내겠지만
어색해진 기다림도 끝날 붉은 저녁엔
주린 배를 움켜잡은 새들도 날아
내 음습한 호수의 물결을 흔들어오는
인동꽃 향기 같은 달빛 달빛들

푸르른 내일

들길을 걷는다
논들과 밭두렁이 얼기설기 등을 맞대고 산으로 오른다
초록의 수풀 속에선 보이지 않는 것들이 소리를 낸다
풀잎과 꽃잎이 스치는 소리
숨죽인 바위들이 등을 긁어대는 소리
소리 없는 대화들이 웅성웅성 산으로 오르고
말풍선이 열리듯 산 끝엔 뭉게구름 한 조각 피어
여기저기 산봉우리에 그늘을 내려놓고 있다
각각의 소리들이 모인 작은 협동조합 같은 하늘 아래엔
푸르른 레일이 깔리고 간이역 같은 옹달샘들이 들어섰다

들길을 간다
살아있는 동안은 누군가의 풍경이 될 수 있음을
수다스런 참나무들도 잎을 떨궈 산이불을 만들고
날카로운 아카시아도 향기를 내어 벌들을 불러 모은다
험한 너덜길 돌밭에서도 쉬어가라 등을 내밀고
키 작은 자작나무 손을 흔들어오는
푸르른 레일을 타고 떠나 인적 없을 기억들 속
개별꽃 같은 눈빛 하나 마중하고 있을

단상

북천(北川)강에서

카메라를 들고 나간 북천 강가에 비가 내린다.

2월 중순의 하늘은 잔뜩 찌푸린 얼굴로 얼룩덜룩 검버섯 핀 듯 향로봉 골짜기를 뿌연 구름과 비들로 가득 채웠다. 겨울 한기에 나목이 되어 섰던 나뭇가지며 바위들에 물기를 얹어놓으니 사방이 빗소리로 가득하다.

비에 젖은 갈대들은 축축한 제 모습을 강물 웅덩이에 비추느라 연신 고개를 숙인다. 난을 치듯 정갈한 사진을 찍자고 나온 길도 아니고 화사한 햇살에 두드러지는 그림 같은 풍경을 담자고 나온 것도 아니다. 2월 입춘도 한참 지난 목비 같은 겨울비에 젖는, 어쩌면 우울한 습기와 어울리는 사진 몇 장 건질까 나온 길인 탓에 발걸음이 자꾸만 느려진다. 연신 비는 내리고 카메라의 셔터는 바싹 조인 조리개 탓에 졸린 듯 버벅거린다.

흐르는 강물에선 제법 힘찬 물소리가 들려오지만, 상대적으로 조용한 조그마한 물줄기들을 쫓아간다. 우산을 단단히 움켜잡고 잡념을 털어내듯 렌즈 후드의 물기들을 털어내 가면서.

비에 젖는 나무며 강돌들에서 알 듯 모를 듯한 아득함이 밀려온다. 어린 시절로 돌아간 듯 풀숲을 헤치고 나무를 오르고 집을 비운 새들의 둥지를 들출 때처럼 온전히 셔터를 누르는 순간에 집중한다. 아직도 그 시절의 일들을 기억하는 탓일까. 처음 숲을 만나고 하늘을 담던 순수한 그때인 것처럼 풀꽃을 찍고 산을 그리는 지금의 순간들이 아늑한 안정감을 전해온다. 내겐 잃어버렸던 것에 대한, 잊어버렸을 기억들을 온전히 위로하는 시간이다.

지나온 기억들은 시리기도 하지만, 그 먼 거리에서도 따뜻한 기운을 들고 순식간에 겨울 강가를 건너기도 한다.

사물의 촉수가 닿는
감성과의 교류

남진원(시인·문학평론가)

사물의 촉수가 닿는 감성과의 교류

남진원(시인·문학평론가)

1. 글을 열면서

과묵하고 속정이 많은 분이 홍의현 시인이다. 홍의현 시인은 한국문인협회 고성지부장으로 고장의 지역 문학 발전을 위해 부단히 힘쓰고 있다. 이번에 시집을 낸다고 내게 작품을 보내왔다. 발문을 써 달라는 문자를 받았다. 그의 전 시편을 읽어보았다. 생각이 닿는 몇 편의 작품을 위주로 글을 썼다. 그러나 어찌 그의 문학 세계를 다 말할 수 있다고 하겠는가. 사물의 촉수가 닿는 그의 감성적 자유는 내 상상력의 한계를 넘어서 있었다. 이제 그 일부나마 나름대로 나타내어 보았다. 그의 시집에 수록된 많은 작품은 다양한 삶의 세계를 간직하고 있다. 독자 여러분의 많은 애독과 감성적인 교류가 있을 것으로 믿는다.

2. 시 속에 깃든 자연 철학성

홍의현 시인은 대부분 시의 소재를 자연 사물과 관계 속에서 취하고 있었다. 식물인 나무나 무생물인 별 같은 사물의 촉수를 느낀다. 자연이 소재가 되고 자연으로부터 자연스럽게 체득된 이미지들이 읽는 나를 즐겁게 하였다. 홍의현 시인의 시 작품 전편에 흐르는 기류는 이런 자연 철학성과 원형적 눈물 등이 결합되어 있다.

나무가 운다
서서도 울고 엎어져서도 운다
나무가 울어 꽃들이 피고
아픈 꽃잎을 열어
고적한 별에서도 향기가 난다

—「나무가 운다」 전문

'나무가 운다'는 건 무엇을 의미할까. 또 자연물의 눈물이 뜻하는 건 무얼까. 짧은 시 형식이지만 무척이나 크고 많은 시사점을 던지고 있지 않은가. 일상성의 파괴가 가져오는 이런 물음은 현재 지구의 위기와도 관계가 깊은 것이라는 생각도 들었다. 홍의현 시인만의 독특한 감성(感性)이 있다.

사람은 무엇으로 사는가, 이 물음에 앞서서 시인은 무
엇으로 사는가? 라는 물음이 더 절실하다. 시인은 자신만
의 독특한 감성의 표출 방법으로 살아간다. 독특한 감성
의 표출 방법으로 살아가지 못하는 시인은 엄밀한 의미
에서 시인이 아니다. 여기서 말하는 감성이란 인식 능력의
일부인데, 사물로부터 감각적 표상을 만나게 되는 지각의
인식 능력을 의미한다. 노인들은 대체로 나이가 많은 분
들이다. 나이는, 단순한 숫자가 아니라, 살아온 삶이 축
적된 하나의 기호체계이다. 노인은 젊은이들보다는 오래
살아온 부류다. 그중에는 사람의 인상을 보고도 그 사람
이 살아온 내력을 알아보는 사람도 있다. 사물이나 사람
을 만났을 때 자신이 이치로 따져서 알아내는 것이 아니
라, 직관적으로 다가오는 감성적 능력이 있다. 노인 중에
는 그런 지각 능력이 뛰어난 분이 있다. 살아오는 동안 자
신도 모르는 사이에 지각인지 능력이 생성된 것이리라.
　나는 얼마 전에 어느 병원 환자들의 병실에서 유난히
말이 많은 한 사람을 보았다. 그 사람을 보고 대번에 '이
분은 전에 운전을 하셨구나'라고 생각했다. 그런데 이야
기 도중에 그분이 직업을 자랑스럽게 이야기하였는데 도
로공사에서 운전하셨단다. 그때 당시의 내 나이가 70에
가까운 노인이 되고 보니, 사람을 보면, 자연히 전에 살
던 모습이 대강 짐작이 되는 지각 능력이 생겼던 것 같
았다.

그러나 이런 일들은 나에게서만 일어나는 일이 아니다. 모든 사람에게도 지각 능력이 있다. 그 능력을 감성적으로 표출을 잘하는 사람이 작가이거나 예술가의 부류다.

무엇보다 그의 시에서 감성적 지각 능력으로 닿는 가장 큰 힘은 자연과 인간의 자연스러운 관계 속에서 이루어진 정서적인 씨줄과 날줄이다. 그의 시는 자연과의 접목(接木)으로 시적 에스프리의 힘을 가세하였다. 동적이미지에서 뿜어내는 것은 매우 정갈한 정적 이미지로 변화되기도 했다. 이러한 표현법으로 하여 감동의 여울을 만드는 것을 알았다. 그리고 그건 시인 자신만의 독특한 안정감이기도 하였다.

겨울 골짜기에
샛바람이 찰랑거린다
계곡을 타고 내리는 물소리들이
자꾸 가지 위로 올라앉는다
갈증이 난 새순들도 여기저기 손을 뻗어
물들을 길어올린다

갯버들이 꽃을 피운다
얼레지도 연분홍 치마를 걷어올리고
진달래는 산끝에서 달큰해진 햇빛들과
눈맞춤을 하느라 부산스럽다

세상이 그렇게 계절을 넘듯
냉막(冷寞)해진 가슴 한쪽 언덕에
꽃송이 하나 둘 피우고 산들
그대 어찌 고맙지 않으랴

─「봄은 꽃이다」 전문

　시적 감성이 풍요로운 계절은 봄이다. 홍의현 시인의
작품에서 특히, '봄'이라는 계절에 대한 탄력성(resiliency)
을 만날 수 있었다. 봄은 모든 사물에게 탄력성을 제공
한다. 새들은 천공 속에서 휘파람을 불며 날아다니고 새
싹은 땅을 뚫고 용솟음치듯 올라온다. 인간 또한 여기서
다를 바가 없다.
　인생의 젊음도 비유하면 봄(spring)이다. 봄의 특징은
탄력성이다. 봄이 되면 마음부터 '봄'이란 이유 하나만으
로도 들뜨기도 한다.

　봄이란 어찌 보면 화려해 보인다. 그 화려함은 하나의
낭만이고 꿈일 수도 있다. 그런 것들이 현실화하지 않으
면 따듯함보다는 쓸쓸함과 냉막함에 접하게 되기도 한
다. 겨울이 시작되면 그 차가움은 더하다. 산야는 냉막함
속에 푹 잠긴다. 시인은 그런 겨울 산야의 냉막해진 언덕
을 본다. 그리고 그곳에서 새롭게 피어나는 생명감 있는
사물들과 접한다. 그런 일상의 작은 일들은, 시인을 조용

하고 편한 곳으로 데려가고 있는 것 같다.

　현실이 힘들고 냉혹하면 할수록 자연에서 느끼는 따뜻
함은 든든한 지원군이다. 봄이 오면 꽃송이 하나 둘 산
야에 피어나듯이 시인의 마음속에서 그렇게 꽃송이 같은
미감이 위로와 기쁨을 주지 않을까. 조용하고 평범해 보
이는 사물과의 따뜻한 만남이 조심스러울 정도로 정갈
하다.

　이 모습은 여러 작품에서 환기의 역동성으로 나타내 보
이고 있다.

　　바람이 분다
　　풀잎들이 손짓하고
　　단단하지 못한 나무들이 휘청거린다

　　물들이 일어서고
　　배들은 푸른 항해의 꿈을 꾸듯 너울거리고
　　그대는 떠날 채비를 한다

　　종일 거센 바람이 불어와
　　갈 곳 몰라 울고 선 풀잎과 나무들에게
　　떠나는 법을 가르치고 있다

　　─「바람」 전문

바람과 풀잎과 나무들의 관계 설정이 특별한 의미를 안겨준다. 그들은 바람에 의해 흔들리는 존재들이다. 3인칭 관찰자로 있는 '그대'의 이별에 대한 준비성은 시적 간격을 높여 긴장감을 돋보이게 하였다. 또한 시의 구조적 생동감이 바람에 의한 길의 방향성으로 안정감을 보이기도 하였다.

3. 동심(同心, concentricity)을 통한 시적 에너지

시인의 눈은 예리하면서도 침착하다. 감성은 욕망에 의해 자연스레 표출되기도 하는데 우리도 모르는 사이에 욕망이 꿈틀거리는 것을 알아차리지 못하는 경우가 대부분이다. 그러니, 자신이 쓰는 시가 자신의 욕망에 의해 이루어진 것을 알아차리기가 어렵다는 것이다. 이런 욕망은 감성을 끌어내는 데 아주 중요한 도구이다. 우리들 역시 자신도 모르게 자신의 욕망을 표출하는 일이 허다하다.

그러니, 현대인들은 정서적인 또는 정신적인 꿈을 갖는 대신 많은 물질에 대한 소유를 원한다. 물질이 주는 결과는 가공할 정도이기 때문이다. 그 결과 현대인은 안정 대신 초조와 불안을 선택하였다.

이를 극복하기 위한 하나의 방법이 시 쓰기일 수도 있다. 시는 물론 어떤 목적을 위해 쓰는 것은 아니다. 그러나 시 작품이 발표되었을 때 시가 주는 다양한 효과는 누구도 예측할 수 없을 정도로 크고 이것은 생각지 못한 기대를 준다. 앞의 시「바람」에서도 그렇다. 여기에 더해 인간은 누구나 상승적 또는 하강적 욕구인 수직적 오르내림의 욕구가 잠재되어 있다. 홍의현 시인의 작품「별」에도 별을 통한 상승과 하강의 수직적 욕구가 조화되어 있음을 짐작할 수 있었다.

기어코 떨어졌다
앞뜰 우물과 대숲 너머를
떨어져 구르고 흘러
금방이라도 무너질 것 같은 평상에 앉아
밤새 나와 울먹였다
백 년은 살았을 느티나무 가지마다 새겨졌을 이들이
그 아래 시리도록 하얗게 찍혀대던 발자국들이 그리워서

그러면 하나의 별이 가슴으로 떨어지고
또 하나의 별이 하늘로 가는
남루한 평상 위의 나뭇가지 너머의 무수한 별들은
우주의 여리고 어두운 곳을 순회하는
눈빛 밝은 꽃송이들
멀리 떠나간 이들의 뒤늦은 손짓이다

―「별」 전문

시인은 자신의 자유에 의해서만 책임질 의무를 갖는다. 밤의 동굴에서 본래의 모습을 찾는 것도 시인의 자유에 의해서만 가능하다. 시인이 미나리처럼 뿌리를 내리는 세상은 아름답고 정갈한 세상이다.

상징적인 의미를 두지 않아도 감정의 여울목에서 듣게 되는 서정성 짙은 시는 우리의 마음을 따뜻하고 아름답게 해준다. 오늘날과 같이 극도로 메말라 가고 황폐해 가는 인간의 늪 속에서 서정성이야말로 사람답게 해주는 좋은 시의 자질이 아닐까. 서정시는 읽으면 읽을수록, 번잡하고 들뜬 마음을 조용히 가라앉혀 주며 마음의 평안을 얻게 한다.

서정시는 시대성이나 사회성, 사상성에서 완전히 자유로울 수는 없다. 그러함에도 불구하고 순수한 서정시를 읊을 수 있다는 것은 현실에 물들지 않고 마음이 순수하다는 것을 증명해 주는 것이다. 또한 '서정성'이야말로 시간과 공간을 뛰어넘어 모든 사람에게 진정한 아름다움을 줄 수 있다는 것이다.

인간의 원초적인 정서는 고독과 그리움이라 할 수 있다. 고독은 사람에게는 보이지 않는 적이면서 때로는 영혼의 조용한 안식을 가져오기도 한다. 서정성(抒情性)은 사회가 혼탁할수록 심성을 정화하는 촉매가 된다. 우리 선조들은 굴욕과 인고의 세월을 겪어 오면서 설움과 정한(情恨)의 슬픔을 시와 노래, 그리고 춤으로 표현하면서

안으로 강한 결속을 다져 왔다.

　요즘은 대량화의 시대이다. 물건도 똑같은 크기와 무게의 물건들이 공장에서 대량으로 쏟아져 나오고 여차하면 덤핑으로 팔려 나가곤 한다. 작가들이 쓰는 시도 대량적으로, 아니 폭발적으로 쏟아져 나오고 있다. 특히 현대시라고 주장하는 일부의 시들은, 그 색깔이나 입은 옷이 동일 뿐만 아니라 그 기교적인 형태까지 비슷하여, 공장에서 대량화하여 찍어낸 싸구려 옷과 비슷하다. 한발 더 나아가 그런 작품을 자화자찬까지 하는 것은 그런대로 봐줄 수 있다고 해도, 다른 시인들의 인격과 작품을 비아냥거리며 공공연한 자리에서 음해하는 행위를 어찌 시인의 자질을 갖췄다고 할 수 있겠는가. 그런 사이비 시인이 쓴 작품은 한 번 쓰고 나면 버려야 하는 일회용이다. 일회용은 결국 공해만을 조장할 뿐이다. 시가 다양해졌다고는 하지만 현대시의 한 부분 속에는 곪고 썩어서 요란한 빈 수레와 같은 몰골을 하고 있다. 오늘의 시를 보면 말장난에 그친 기교 놀음, 감정이 정제되지 않은 작품, 이미지가 혼합되어 혼탁한 작품, 자아도취적 관념 세계에 머물러 깊은 잠을 자는 작품 등, 그야말로 시의 공해 속에 묻혀 있는 전국시대다.

　시를 쓰는 행위는 명예를 얻기 위해서도 아니며 부를 축적하기 위한 수단은 더욱 아니다. 어찌 보면 세상에서 가장 나약한 얼굴을 한 모습으로 보일지도 모른다. 그러나 인간을 인간으로 만들어 주는 가장 보배로운 작업이 시 작업(創作)이다. 때 묻은 거울을 닦듯 영혼에 묻은 먼지를 털어내며 자신의 마음을 바르게 세워가고, 거기에 더해서 마음의 향기를 발할 수 있는 것이 시의 창조적인 작업이다. 특히, 서정시 창작은 오늘날, 시대의 요구이다. 점점 건조해 가는 시대에 시골집 마당 가에 피어있는 해바라기, 봉숭아꽃을 만난 것처럼 서정시는 모향, 아늑한 어머니의 품을 찾은 것과 같다. 그래서 서정시는 삶의 생기를 일깨워 주는 향기임에 틀림이 없다. 따라서 시대가 변화할수록 서정시는 소중한 애인이 되어, 그리운 친구가 되어 동행해 줄 것이다.

그러나 서정시는 인간의 감정을 주조로 한 시이기에 삶의 본질을 꿰뚫어 내기에는 한계가 있다. 그렇지만 우리가 살아가는데 커다란 위안이 되며 힘이 된다는 점은 부인하기 힘들다.

직관이란, 판단 추리 따위의 작용에 의하지 않고 사물의 본질이나 알고자 하는 대상을 직접 파악하는 일이나 작용이다. 이것은 사물의 본질을 파악하는 가장 중요한 방법이기 때문에 시에서 자주 쓰여 왔고 스님들이 깨달음을 얻기 위한 수행의 방편으로도 쓰여 왔다. 직관에 의한 시 쓰기는 사물을 보는 날카로운 안목이 있어야 하며 정신이 맑고 투명해야 한다. 그래서 마음에 관한 수행과 공부가 밑바탕이 되어야 한다. 직관은 관념이나 서정성을 배제하고 사물이 가지고 있는 본질에 닿아가는 행위이기 때문에 자신의 생각부터 장애(障碍)가 없어야 한다. 다시 말해 소리와 빛, 냄새, 색깔 등의 모든 이미지가 작위적이

지 않은 상태에서 그것들이 빚어내는 울림에 귀를 기울여
야 한다.

시「숲으로 간다」는 환경파괴와 오염을 들추며 환경의 소
중함에 대한 반짝이는 이미지들이 감각의 무게를 더한다.

가고 싶었다
들풀처럼 번져
버들피리 하나 물고
맨손으로 도랑을 기어다녀도
행복이 별처럼 쏟아질 것만 같은

매연이 깃든 굴뚝이 쿨럭거리고
밤새 잠들지도 못하는 지루한 차도에도
노란 얼굴의 민들레 하나 훌쩍거리는 날이 밝고
노루의 실팍한 엉덩이가 자라는 참나무의 수심이
도토리같이 단단한 몇 알의 결기들이
푸르거나 붉을 골짜기들의 혼잡한 퇴적을 넘어
오래도록 기다렸던 소식처럼
청랑한 계절로 쏟아지는 기적을 본다

가고 싶었던 곳에서 불려 나와
돌아갈 곳이라도 있던가
돌아가지 못하는 이들도 돌아가는 이들도

들꽃처럼 피고 지는 꿈을 꾸는데
무거운 일상을 메고 다니는 달팽이 같은 걸음이
아직도 숲 언덕 아래 가쁜 숨을 몰아쉬고 있다

―「숲으로 간다」 전문

산업화사회 특징 중의 하나가 사람이 무기력하게 생산자나 소비자로 전락하는 것이다. 그렇기에 군중의 무리 속에서 '나' 하나는 무엇인가? 에 대한 고민도 생긴다. 현대문명의 가장 큰 성과가 획일성이라면 그것이야말로 현대문명의 가장 큰 위험성이기도 하다. 이런 문제에 대한 해결은 인간과 자연이 서로 그리움으로 결합할 수 있는 '숲'이다. 숲은 모향(母鄕)처럼 편안하다. 또한 인간에게 생명의 기운을 불어넣어 준다. 홍의현 시인은 이런 숲으로 가고 싶어 한다. 숲에는 근원적인 아름다움이 존재하기 때문이다. 그곳은 행복이 별처럼 쏟아질 것 같은 곳이다. 그리고 자동차와 공장의 매연뿐만 아니라 인간이 만들어내는 각종 소음 속에서도 민들레가 피는 곳이다. 그곳은 오래도록 기다렸던 소식처럼 청량하기 때문이다.

4. 진실한 삶에의 회귀성

욕망의 상승 욕구는 시인 내면의 움직임에 의해 구별된

다. 제도나 관습 속에 묻혀 살면 창의력은 요원하다. 까 뮈는 '한계상황'을 말한다. 그것은 삶에서의 마지막 인간이 겪어야 하는 '죽음'이다. 그것이 있기에 인간은 삶의 가치를 발견할 수 있다고 말한다. 따라서 소중한 시간을 낭비하지 말고 나날이 행복하게 살아야 한다는 것이다. 헛된 명분이나 맹랑한 공상에 쫓겨 무책임하게 시간을 낭비해서는 안 된다는 것이다.

　삶을 진실하게 살아가는 것. 그 놀라움 역시 평범한 삶에서 출발한다. 우리가 웃기도 하고 울게도 하는 '그리움' 또는 '기다림'의 무게이다. 커피를 마시면서 불현듯 찾아오는 삶의 가치, 그것은 그리움에 대한 기억을 새롭게 하는 것이다. 살면서 우리들이 흔히 겪을 수 있는 일상의 아름다움이다.

　처음부터 좋았던 건 아니었어
　좁은 골목길들 돌아 나오는
　갈색의 머릿결로 코끝에 물결쳐 오던
　겪어본 적 없는 수 세기 저편에서 건너왔을
　오래전 향기의 조각들 같은

　너를 만난 건
　지긋한 나이가 들어서도 아니고
　시큼한 원두 같은 시절이었지
　때로는 갈빛 때로는 먹빛의 눈빛이 되어

날씨가 좋다거나 비가 내린다거나
쓰다거나 달콤하다거나
그렇게 기다려지고 만나고
날마다 익숙해지고 있어

가끔 울퉁불퉁한 탁자의 끝 모서리에 앉아
그리운 것들을 불러세워
공복 같은 찻잔 속에 풀어 마시고는 해
몽당연필 같은 생각들로 달그락거리는 날이라도
잊었던 기억의 끈들
뭉클 피어오르지 않을까 싶어서

―「커피를 마시는 이유」 전문

커피가 기억을 끌어올리는 낚싯줄 같은 것임을 알 수 있
다. 어디 그뿐이랴. 생활의 흐름 안에서 때로 마시는 소주잔
에서도 그리움의 기억들은 묻어난다. 그의 시 「소주 한 잔」
등의 작품을 읽으면 삶이 고요하면서도 아름답고 친근하다.

시인의 아버지에 대한 기억은 진실한 삶에의 회귀성에 닿
아 있다. 시인은 「아버지의 무지개」에서 삶의 아픔으로 이
어지는 따뜻한 사유가 공감을 얻고 있다. 그는 아버지의
지친 어깨에서 슬픔의 무지개를 본다. 역시 그리움의 색채
가 진하게 배어 나오는 작품이다. 우리는 기억이 얼마나

고귀한 색채인지를 안다. 그리움이야말로 우리 삶의 색깔
을 선명하게 드러내는 시인의 몫임을 그는 잘 알고 있다.

비가 온다
기척도 없이
비가 오면 가난했던 아버지는
지친 어깨를 눕히고
누렇게 피워 올리던 담배연기마저도
한껏 모으지 못해 긴 한숨으로 흩어내곤 했다

쥐구멍에도 볕들 날 있다며
칠월의 긴 장맛비 속에서 술과 오기로만 세상을 버티다
그 억센 어깨 허물어지던 날도
오늘처럼 비가 내렸겠지요

해가 나야 할 텐데
끝이 단단치 못한 얕은 독백들에도
끝내 틈을 보여주지 않던 하늘이었지요

창을 흔들고 지붕을 흔들던
긴 밤이 지나고
새초롬한 아침 하늘에 활처럼 누운
칠색의 눈물 줄기들을 봅니다
쉬이 갈잎을 뒤집고 가지들을 훑는 바람처럼

저 높은 하늘로 쏘아지는 화살처럼 가볍게 달려가시기를
허공인 듯 그리움인 듯
아직 세상에 남은 자식들은
그토록 아름답게 지은 허공을 바라고 있겠지요

―「아버지의 무지개」 전문

하이데거(Martin Heidegger 1889-1976)는 『존재의 시간』
에서 말한다. "사람은 동물이나 무생물과는 다르다. 인간
이란 시간의 흐름 속에서 스스로 결단을 내릴 수 있고 그
결단을 통해 자신의 존재를 실현시킨다"고. 홍의현 시인
은 늘 시를 통해 사물에 대한 통찰로 인한 시적 결단과
의견, 사유의 숲속에서 자신을 바라보고 있다. 그런 모습
이 우리 사회를 편안한 의식의 한가운데로 데려다주리라
생각한다.

5. 맺음말

시 속에 깃든 다양한 이미지들을 읽어보았다. 유독 홍
의현 시인의 시 전편을 읽으면서 느낀 점이 있다. 시인은
행복한 존재라는 걸 말이다. 한 인간으로 살아가면서 자
신의 감정과 지적인 의견 내지는 느낌을 시로 기록한다는
것이 얼마나 신기하고 기쁜 일인지를 알 수 있었다.

홍의현 시인의 시들을 읽으면서 또 새롭게 안 사실이 있다. 한 편의 시 작품은 하나의 메시지를 전하지는 않는다. 읽을 때마다 다른 여러 가지 기억과 차별적 생각을 떠올릴 수 있다는 것이었다. 더 중요한 것은 '시인 각자 각자가 쓴 작품이 그러한 사유를 할 수 있는 여백을 줄 수 있는 작품이냐는 것이냐?'라는 물음이었다. 만약 이러한 뜻이 잘 지켜진 시집이라면 독자들은 시집을 들고 놓지 않으리라.

몹시 더운 여름날이다. 밤에 기온이 25도를 넘는 온도가 이어지면 '열대야'라고 하였다. 그리고 기온이 30도 이상 이어지면 '초열대야'라고 한다. 우리 집은 옛날 양철지붕의 촌집이어서 참 덥다. 밤마다 초열대야 같은 온도로 지내야 했다. 그런데도 홍의현 시인의 시 작품들을 읽으면서 초열대야를 이겨낼 수 있었다. 한마디로 말하면 시를 읽는 재미를 느꼈다는 말이다.

잘생긴 사람과 지내면 잠시 좋지만 오래 가면 싫증이 난다. 그러나 편안하고 따뜻한 사람과는 오래 지낼수록 기분이 좋다. 홍의현 시인의 작품은 후자다.

한 사람의 시인으로, 시집 발간을 한 홍의현 시인에게 손을 모아 발간의 축하를 올린다. 그리고 발전을 기원한다.

물푸레나무

홍의현 지음

발행처   도서출판 청어
발행인   이영철
영업   이동호
홍보   천성래
기획   육재섭
편집   이설빈
디자인   이수빈 | 김영은
제작이사 공병한
인쇄   두리터

등록   1999년 5월 3일
          (제321-3210000251001999000063호)

1판 1쇄 발행 2024년 8월 31일

주소   서울특별시 서초구 남부순환로 364길 8-15 동일빌딩 2층
대표전화 02-586-0477
팩시밀리 0303-0942-0478
홈페이지 www.chungeobook.com
E-mail   ppi20@hanmail.net

ISBN   979-11-6855-275-3(03810)

이 책은 고성문화재단 문화예술지원사업의 지원을 받아 발간되었습니다.